큰 글
한국문학선집

권구현 시선집

흑방의 선물

일러두기

1. 이 선집은 『흑방(黑房)의 선물』(영창서관, 1927)을 저본으로 하고, 시대일보·조선지광·동아일보·중외일보·동광 등에 발표한 작품들을 추가하고 참조하였다.

2. 표기는 원칙적으로 원전이 표기를 그대로 따르되, 시 제목의 경우는 국립국어원 한글맞춤법 규정안에 따랐다.

3. 작품 수록순서는 시 제목의 가나다순으로 하였다.

4. 이해를 돕기 위하여 편집자 주를 달았다.

목 차

3

가신 님의 묘(墓) 위에서[1]

먼나라 모를나라
써나가신 내님아
가을제 말업스니[2]

오실긔약[3] 모르겟소!
오실긔약 모르오니
그립고 그리운마음
어는째[4] 어는시에[5]
어나곳서[6] 긔다릴가?[7]

---

1) (원전) 기신님의 묘(墓)위에서
2) 말 없으니
3) 오실 기약
4) 어느 때
5) 어느 시간에
6) 어느 곳에서

오실긔약 모르옵고
긔다릴곳 업사오니
한업시[8] 넓은나라
차저라도 보오릿가?

먼나라 모를나라
써나가신 내님아
한업시 그리운마음
어이하라 말업슨고?

7) 기다릴가?
8) 한없이

가을 거리에서

지낸가을 낙엽(落葉)위에
남겨둔 환상(幻想)의 거름자를
추억(追憶)의 그날을
또다시 차자보려
나는 해맷서라
낙엽(落葉)의 거리를

아 그러나
쌔는 갓서라
설게도10) 쌔는 갓서라
영원(永遠)이 영원(永遠)이 그쌔는

---

9) (원전) 가을거리에서
10) 서럽게도

모든것은 녯[11])인듯하나
애닯은 적막(寂寞)이
긔위를[12]) **써둘쑨이여라**[13])

---

11) 옛

12) 그 위를

13) 떠돌 뿐이여라

가지이다

가지이다 가지이다
낫익고 정(情)드른[14) 젯길로
가지이다 가지이다
님이여 그리로
인도(引導)하야 주소서

발바온[15) 녯길에는[16)
파란(波瀾)도 만앗서요[17)
엉크러진 가시밧보다도[18)
더 험악(險惡)도 하얏서요

---

14) 정들은
15) 밟아 온
16) 옛길에는
17) 만났어요
18) 가시밭보다도

그러나 그길은 낫익은길
그리가씃업는 길이여요
그리로 인도(引導)하야 주소서
님이여
그리로 인도(引導)하야 주소서

계집과 노동자(勞動者)

'당신의 눈은 웨 그럿소!'
'자미잇는[19] 책 한줄도 볼줄 모르니-'
첫재[20] 게집[21]은 다라나소.

'당신의 귀는 웨 그럿소?'
'이러케[22] 조흔[23] 노래도 들을줄 몰으니[24]-'
둘재 게집은 다라낫소.[25]

---

19) 재미 있는
20) 첫째
21) 계집
22) 이렇게
23) 좋은
24) 모르니
25) 달아났소.

'당신의 입은 웨 그러소?'
'다정스런 말 한마듸도 할줄 몰으니-'
셋재 게집은 다라낫소.

'당신의 손은 웨 그러소?'
'칼쿠리²⁶⁾ 가티 험상궂기만 하니-'
넷재 게집은 다라낫소.

'당신은 나를 힘껏 안어 주서요'
'나는 처지가 당신과 가튼 집의 쌀이외다'
다섯재 게집은 농촌의 처녀엿소.

---

26) 갈쿠리

경험(經驗)

해ㅅ살만 번하면
아우성치는 아귀(餓鬼)들이
하두보기실키에[27]
어서밤이나되면 바랏더니
웬걸
신랑은 신부안고
신부는 신랑안고
늙은이 젊으니 밋처노는[28] **쏠**
오장이 뒤집혀 더못보겠다

---

27) 하도 보기 싫기에
28) 미쳐 노는

고독자(孤獨者)여

써러지는[29] 탄성(嘆聲)은
낙엽(落葉)의 소리되고
만상(萬像)의빗갈은[30]
누른단풍(丹楓)으로 물듸리느니[31]
고독자(孤獨者)여
그대는 그다지도
설고도 외로운가?

---

29) 떨어지는
30) 만상의 빛깔은
31) 물들이니

관악(觀樂)과 고독(孤獨)

관악(觀樂)은 사람마다 꿈꾸며

이것을 참으로 바란다

그러나 웬일이랴

이속에 쒸여들기만하면

지금까지 맑고 굿세든32) 나의 심령(心靈)은

흰죽처름33) 물게 희식어버리느니-

고독(孤獨)은 누구나다 실혀하며34)

이것을 피(避)하려한다

그러나 웬일이랴

발자옥을 이길에만옴겨노으면35)

---

32) 굳세던
33) 흰죽처럼
34) 싫어하며

생각에 굼주리든[36] 나의 심령(心靈)은

우주(宇宙)를 통(通)하야 모든것을 배불이[37] 관찰
(觀察)하며

수정(水晶)빗갓치 맑게 염으러지느니—

---

35) 이 길에만 옮겨 놓으면

36) 굶줄이던

37) 배불리

구천동 숫장사

외로운 별 하나
외로운 별 하나
써러질듯이 깜박이고 잇는
천마령 놉흔[38] 재를
이슬 찬 이 밤에 어찌나 넘으려노?

욱어진[39] 숩속에는[40]
부헝이[41] 소리 마자 처량한 이 밤을
게다가 무겁은 짐을 진 몸으로
혼자서 어찌나 넘으려노?

---

38) 높은
39) 우거진
40) 숲속에는
41) 부엉이

구천동 숫장사야.....

오날도 오십리 장(市)
곰저서 백리 길 아니 걸으면
산막도 직히는 외로운 처자를
굶기게 된다니 가엽고나
구천동 숫장사야.....

눈 날이는 겨울에도
이 재를 넘고 넘엇다니
넘으렴으나 넘으렴으나

한 생전 넘으렴으나
넘다가 죽으렴으나....

쇠트럭과 돌쑤리에 채여
한 방울 두 방울 흘으는 피가
재ㅅ길을 억만번 물들여 준대도
가막까치 밧게는[42] 울어줄리 없는
알앙곳[43] 업는 네 신세라니....

가엽다 구천동 숫장사야
누구를 기달이느냐 너한몸 쑌인것을
어서 넘으렴으나
부헝이 소리 그치기 전에-
저 별이 살아지기 전에-

---

42) 밖에는
43) 아랑곳

굳어진 그림자

-때는 새벽-
-곳은 서울에도 중앙(中央)-

눈 쌓인 히푸른 밤 거리
쪼각달은 산(山)을 넘고 천지(天地)는 고요한데
나무 덩치런가?
굳어진 그림자 하나여-

최후(最後)의 일순전(一瞬前)까지도
생(生)의 드거운[44] 애착(愛着)에서
이땅의 전폭(全幅)을 노려보앗스리라[45]
아하 그러나 그러나

---

44) 뜨거운
45) 노려 보았으리라

이를 악물고 눈감고 말앗노니
십만장생(十萬長生)이여 길이 행복(幸福)스러우라

그대는 별이오니

그대는 별이오니
내의바다의 별이오니
북극(北極)의 백랑(白狼)과도 갓히[46]
내의 마음의 바다를
빗나게할[47] 별이오니
이몸은 가엽시도 배가되야
그대에게 향방(向方) 뭇습네다[48]

---

46) 같이
47) 빛나게 할
48) 묻습네다

꾀꼬리집[49]

뒷동산 쇠쏘리집에

쇠쏘리색기를 처노앗기에

집에갓다 기를야고

좀더자라기만 바랫더니[50]

나업는새 독수리가 것처갓단다[51]

나업는새 독수리가 것처갓고나

색기는모다 어대로갓노

어미만 혼자설이운다

날보고 설이운다

---

49) (원전) 쇠쏘리집
50) 바랐더니
51) 거쳐갔단다

꾀는 셈인가[52]

뚝닥뚝닥 데ㅇ데ㅇ 우리괘종은
밤낮으로 쉬지않고 장단잘치죠
장단소리 마듸마듸 늙는다면도
하루걸러 할머니는 밥잘주지요
어서 늙기 소원이라 꾀는셈인가

뚝닥뚝닥 데ㅇ데ㅇ 우리괘종은
밤낮으로 열두맞이 잉경잘치죠
열두맞이 소리따라 날간다면도
아즘마다 큰누나는 잘닦아주죠
가마탈날 어서오라 꾀는셈인가

---

52) (원전) 꾀는셈인가

나그네의 길[53]

나는 길을 것는다
어머니가 일즉이가릇처주신[54]
그를차저 이럿케도정처업시[55]
가엽슨[56] 길을 것는다
거름자[57]도 못본 그연만은
어머니의 말슴만조차
이럿케도 가엽슨
나그내[58]의 길을 것는다[59]

---

53) (원전) 나그내의 길
54) 일직이 가르쳐 주신
55) 이렇게도 정처없이
56) 가엾은
57) 그림자
58) 나그네
59) 걷는다

나아가자

형(兄)아 아우야

먹지안으면 사지못하는 동모[60]야

지금은 새벽이다

어둠의 장막을 거더밀치고[61]

생명력(生命力)에 고조(高調)된 광영(光榮)의 조일(朝日)이

거룩하게도 소사올으는[62]

새벽이다

어서어서 이러나거라[63]

---

60) 동무
61) 걷어밀치고
62) 솟아오르는
63) 일어나거라

형(兄)아 아우야

먹지안으면 사지못하는 동모야

호미와 괭이를 들고

드을로64) 나아가자

조흔곡식65) 북도드며66)

잡기슴 매버리려

어서밧비67) 나아가자

북소리 나는 저드을로-

---

64) 들로
65) 좋은 곡식
66) 북돋으며
67) 어서 바삐

낙동강(洛東江)의 봄비

강(江) 버들 십오리(十五里) 기나긴 장제(長堤)에
가늘게 보드럽게 나리는 봄비는
님그려 울면서도 미소(微笑)씌이는
어엽분 청춘(靑春)의 애틋한 정서(情緒)랄가

강촌(江村)을 싸고도는 고요한 황혼(黃昏)을
길-게 나즉이 **써흘으는**68) 연긔69)는
실버들 가지가지에 녹여드는 양
일은봄 저믄비에70) 길일흔71) 마음갓고나

---

68) 떠흐르는
69) 연기
70) 저문 비에
71) 길 잃은

마음풀린 하늘숯 구름박에 아득한데
날아가는 갈가마귀 두세머리는
가엽다 이한밤을 어대서[72) 쉬이려노
울며 울며 가는양 소리마저 설고나[73)

강(江)버들 십오리(十五里) 날저므러[74) 가는데
어미찻는 송아지 수인은 어대갓소
비탈길 강(江)언덕엔 물깃는 큰아기
오고가는 거름자[75)만 그윽히 새롭고야

---

72) 어디에서
73) 서럽고나
74) 날 저물어
75) 그림자

강촌(江村)의 새악씨여 나를마자 주려는가
비저믄 이날에 그대로 청춘(靑春)이라니
하루ㅅ밤 야화(夜話)에 이마을 손되여보세
물올으는⁷⁶⁾ 버들가지 닙트는⁷⁷⁾ 시절이라네

---

76) 물 오르는
77) 잎 트는

낙원(樂園)

싸위에 만물(萬物)이 생겨날째에
태양(太陽)은 쌋듯한[78) 카쓰를[79) 주엇나니
만물(萬物)은 복(福)스럽게도 자라나도다

이몸이 이나라에 발을 붓칠째에
님은 나에게 광명(光明)을 주엇나니
나는 새로운 낙원(樂園)을 건설(建設)하도다

---

78) 따뜻한
79) 키스를

남국(南國)의 봄을 찾아[80)]

백설(白雪)은 어듸갓노 남포(南浦)에 배가쓰니
낙동강(洛東江)도 해영(解永)이라 구비구비 흘으노나
할미꼿 족도리야 아즈도[81)] 철일건만
다방머리 아기씨녠 뫼슷흐로[82)] 모히노나

강(江)버들 물올으면 만날줄 아든벗은
이몸에도 기달이나 날기다려 고히잇나
뭇기야 급하건만 해여나 소식(消息)알다
바라옵고 오든마음 상처(傷處)날가 념려로다

---

80) (원전) 남국(南國)의 봄을차저
81) 아직도
82) 뫼 끝으로

너의 갈 길은[83]

너의 갈길은
너의 가슴에 물으라
누구보다도 더 정성스리
또 올곳이 가르켜 주리니

만일 물어서 대답이 업거든
삼척 비수를 걱구로[84] 잡아보라
너의 가슴은 한번 웃음으로써
너의 압길[85]을 밝히여 주리니

---

83) (원전) 너의갈길은
84) 거꾸로
85) 앞길

농촌서품

넷날[86]의 이곳에는 열두집이 모혀[87]살제
노는이도 업섯고[88] 굶는이도 업섯나니
서로서로 일하며 서로서로 먹엇나니
우슴[89]과 사랑으로 왼마을을[90] 채웟나니
네내것 업는지라 도적놈도 업섯나니
넷날의 이곳에는 울과담도 업섯나니
이것은 넷날의 농촌이외다

이날의 이곳에는 단세집이 모혀살되
압집[91]엔 쌀밥질제 뒷집에는 죽못쑤고

---

86) 옛날
87) 모여
88) 없었고
89) 웃음
90) 온마을

늙은이 흙을팔제 젊은사람 노리가고[92]
니웃집[93] 초상나도 내몰라라 춤을추고
네내것 분명하니 장리쳐서 도조받고[94]
이것은 이날의 농촌이외다

넷날의 농촌에는 귀차를 몰낫다죠
그러나 오고감에 자유는 잇섰다죠
이날의 농촌에는 황금이 드나드죠
그러나 날과달로 동산군 늘어가죠
넷날의 이농촌은 야만의 농촌엿죠

---

91) 앞집
92) 놀이 가고
93) 이웃집
94) 다시 받고

이날의 이농촌은 문명한 농촌이죠

이것이 농촌의 넷과 이제외다-

님

이몸은 업서저도
이마음 편할것이

그님이 업스시매
이마음 하두섧데-95)

---

95) 하도 서럽다

님에게

나아가서 그때부터 이몸은 비렁뱅이
속곱질할때에도 동무는 비렁뱅이
자러서 어른이되기도 푸로레타리아의 세계(世界)
이러한 세계(世界)에서 물드려⁹⁶⁾온몸이오니
이몸의 빗갈이 그무엇일줄을
님이여 그대는 의심(疑心)이 주체럽소

백지(白紙)라 먹칠하면 검정조히안되릿가⁹⁷⁾
웃지만말고요 비웃지만말고요
발씃⁹⁸⁾을 돌공이에 채여나봅소
허리에 씬초마를 쌧겨나봅소

---

96) 물들여
97) 검정 종이 안 되리잇가
98) 발끝

비웃든 그 얼굴에 피ㅅ발이서오리다
피투성이 이몸에 아니안길리업소리다[99]

---

99) 아니 안길 리 없으리다

님이여

님이여 님이여
숨이면 만나는 님이여
생시면 못만나는 님이여
그대를 차저 헤매는 이발길이
숨의거리에서 생시의길로
옴겨지이다100) 옴겨지이다
밤마다 밤마다
숨이면 만나는 님이어

---

100) 옮겨지이다

다이아몬드[101]

다이야몬드를 발견한자는 누구이뇨?

다이야몬드를 광휘잇게 만든자는 누구이뇨?

그리고 이 다이야몬드를

라태와 안일에서 벌녀진[102] 환락의 붉은 술상우에

던저준자는[103] 누구이뇨?

가장 수많은무리, 어리석은무리다, 민중이다.

그러면 다시 뭇노니

다이야몬드 그우에다[104] 백년의 로동으로도 보상치

못할

---

101) (원전) 다이야몬드

102) 벌여진

103) 술상 위에 던져준 자는

104) 그 위에다

고가를 부과한자는 누구이뇨?

그리고 이것으로써 많은 사람의 눈을 병들게하며

최후의 선고같은 위혁을 베푼자는 누구이뇨?

가장 수적은 무리, 교활안 무리다. ○○ 학자다

수많은 무리, 어리석은 무리여, 민중이여, 대지의 심
장과 예조(豫調)한 그 무언의 세약을 영원히 니즌[105]
그대로 내버려두랴는가?

아니 세긔[106]와 세긔를 거듭하여

세공의 대가로 방사하는 공포의 백광을,

이 다이야몬드를...... 그대로 내버러 두려는가?

아아 수많은 무리여, 민중이여,

---

105) 잊은
106) 세기

대지는 이 오랜 동안을 같은 침묵으로써 그대들의 앞날을 응시하여왔나니
　　근시안이 아니어든 좀더 널리살피어보라
　　용감하거든 발자죽[107])을 옴겨세우라
　　저 영혜의 술상우에 다이야몬드에, 활살을 던지라
　　바로이날이다, 그대들이힘은 이에서 시험되리라
　　대지는 비로서 미소하리라

---

107) 발자국

단곡오십편(短曲五十篇) 其一

님타신 망아지가
천리준총(千里駿驄) 안이어던

서산낙일(西山落日)된 연후(然後)면
어이가려 취(醉)습네가

온길도 만삽거니와
가실길이 만리(萬里)라오

단곡오십편(短曲五十篇) 其二

님업는게 섭다마오
밥업는게 더 섭데다

한백년(限百年) 묘실님이야[108]
잠시(暫時)그려 엇드리만

죽지못해 하는 종질
압박만이 보수(報酬)라오

단곡오십편(短曲五十篇) 基三

명월(明月)이 구름에 든들
제양자(樣子) 어듸¹⁰⁹⁾가랴

규중(閨中)에 게신¹¹⁰⁾님을
남이야 알던마던¹¹¹⁾

그의쏫 내아노니
밋음만 굿셀너라¹¹²⁾

---

109) 어디
110) 계신
111) 알든 말든
112) 굳세어라

단곡오십편(短曲五十篇) 基四

남가신 곳이어니
내못갈리(理) 업스련만

낙일(落日)이 산(山)넘으니
쌔느저113) 한(恨)이로다

두어라 가고서또가오면114)
설마한들 못가리

단곡오십편(短曲五十篇) 其五

노예(奴隸)에서 기계(機械)로
이몸을 다팔아도

한씨가 극난(極難)하니
생래(生來)의 무삼[115]죄(罪)가

천지(天地)야 넓다하되
발붓칠곳[116] 바이업서

---

115) 무슨
116) 발 붙일 곳

단곡오십편(短曲五十篇) 其六

달내서 안아주면
쌔서라도[117] 가올것을[118]

오척(五尺)의 이 신장(身丈)이
그래도 붓그러워

마음풀고 도라스니[119]
답답한손 누구인고

---

[117] 뺏어라도
[118] 가져올 것을
[119] 돌아서니

단곡오십편(短曲五十篇) 其七

지옥(地獄)에 그대가되
눈물만은 짓자마소[120]

내일이 업는 신세
압뒤가 웨잇스리

검은밤에 재가될 몸
이한이 쓴이외다

---

120) 짓지 마소

단곡오십편(短曲五十篇) 其八

제아모리 흰눈인들
하나리야 어이하랴

쏘낙비 나리올제
개천물 흐러건만

한업시 널은 바다
그래도 맑더라

단곡오십편(短曲五十篇) 其九

한(限)잇는 일생(一生)이니
구차이[121] 앗겨말나

시들다 써러지기는[122]
고금(古今)이 일반(一般)이니

이왕이면 소래처
별불이 안이어어던 벼락처름

---

121) 구차하게
122) 떨어지기는

단곡오십편(短曲五十篇) 其十

피투성이 이몸을
잔인(殘忍)타만 말을 마소

생각을 싣으니
나도곳 생불(生佛)이언만

발붓친 이싸이야[123)]
도피(逃避)할줄이 잇스랴

---

123) 이 땅이야

단곡오십편(短曲五十篇) 其十一

갑헐한 그대설음
생명(生命)을 얼구리니

흘으는[124] 눈물이야
그짓이 잇스랴만

심장(心臟)의 고동(鼓動)에다
두귀를 기울이소

---

124) 흐르는

단곡오십편(短曲五十篇) 其十二

함정(陷穽)에 갓친범아
조을기는 무삼일고

째로주는 한근(斤)고기
그만하면 족(足)할너냐

태산(泰山)을 넘든소씨
넷정(情)을 생가하라

단곡오십편(短曲五十篇) 其十三

구름아 흘으느냐
벽공(碧空)도 조흘시고

천만리(千萬里) 써나간들
뉘라서 며라하리

자유(自由)에서 자유(自由)로
이마음 네로구나

단곡오십편(短曲五十篇) 其十四

쑴가운대[125] 만나본님
쑴깬후면[126] 처사(處事)로다

머리속에 버린살님[127]
눈싹고[128] 살펴본들

흙내나는 이쌍위에
거름자[129]나 잇슬소냐

---

125) 꿈 가운데
126) 꿈 깬 후면
127) 버린 살림
128) 눈 닫고
129) 그림자

단곡오십편(短曲五十篇) 其十五

그대곱다 자랑마오
한껍질 벗겨노면

비린피 고엿기는
동물(動物)이면 다갓다오

연지곤지 다치우고
인간(人間)으로 사옵세다

단곡오십편(短曲五十篇) 其十六

마음이야 천리만리(千里萬里)

어대[130]인들 못가리만

피뭇은[131] 이육신(肉身)은

촌보(寸步)가 지난(至難)하니

대지(大地)도 무심(無心)커니와

이것이 뉘의 죄(罪)인고

---

130) 어디

131) 피 묻은

단곡오십편(短曲五十篇) 其十七

도치라 날달아서
이세상(世上) 사올넌가132)

죽기전(前)은 사오리니
사올걱정 넘어마오133)

하루살다 죽사와도
올흔134)죽엄 소원이오

---

132) 살런가
133) 너무마오
134) 이른

단곡오십편(短曲五十篇) 其十八

썸만한 이일생(一生)을
어이하면 못살아서

잔인(殘忍)한 이칼날을
님의압해[135] 드단말가

두어라 피잇는 담이어니
참을줄이 잇스랴

---

135) 님의 앞에

단곡오십편(短曲五十篇) 其十九

남위(爲)해 산단말슴[136]
아마도 못밋겟소[137]

이몸한번 긴연후(然後)면
님은잇서 무삼하리[138]

아마도 이세상사(世上事)가
나삼담의 일인가

---

136) 산다는 말씀
137) 못 믿겠소
138) 무엇하리

단곡오십편(短曲五十篇) 其二十

옷도업고 밥도업고
님조차 업사오니

천지(天地)야 널으건만[139]
적막(寂寞)하기 싯업고야[140]

두어라 자유이자(自由二字)
이내벗 되올너라

---

139) 넓건만
140) 끝없고야

단곡오십편(短曲五十篇) 其二十一

님은 참아 뭇지마오
부평(浮萍)의 이종적(踪跡)을

썩은 비(碑)돌 안이어던
움즉일줄 업소릿가[141]

구름안인 이몸이니
싸위에 잇소리다

단곡오십편(短曲五十篇) 其二十二

동천(東天)이 밝아오니
초목(草木)도 잠을쌔오

지나밤에 취(醉)한님아
갈길을 이젓는가

북소래 들이오니
나룻배단가 하노라

단곡오십편(短曲五十篇) 其二十三

믿기야[142] 어려랴만
속아본 끗치어니[143]

행여나 마음주엇다
속만뵐가 염려(念慮)로다

두어라 님업슨들
죽기전(前)이야 못살이

---

142) 믿기야
143) 끝이어니

단곡오십편(短曲五十篇) 其二十四

그대청춘(靑春) 자랑마소
엊그제 아해(兒孩)어니

내일모레 오는 백발(白髮)
그대어이 면(免)할손가

청춘(靑春)이 다진키 전(前)에
하올일을 하옵세다

단곡오십편(短曲五十篇) 其二十五

함지(陷地)에 든몸이니
후기(後期)가 웨잇스리[144]

시들다 써러즈기야[145]
차라리 설으랴만

님 향(向)한 일편단심(一片丹心)을
어이품고 가단말가

---

144) 왜 있으리
145) 떨어지기야

단곡오십편(短曲五十篇) 其二十六

거리의 풀폭이도
저를 위(爲)해 생겻다면

저위에 더귀한게
쏘다시 무엇이랴

아마도 이천지간(天地間)에
나쑌인가 하노라

단곡오십편(短曲五十篇) 其二十七

벽상(壁上)에 시계(時計)도니
이몸도 늙을시고

애닯고야 **짧**은 일생(一生)
일초(一秒)가 앗갑건만[146]

밤낮업는[147] 기계(機械)살임
시계(時計)더뎌 웬수[148]로다

---

146) 아깝건만
147) 밤낮 없는
148) 원수

단곡오십편(短曲五十篇) 其二十八

여울에 몰인고기
물좁아 한(恨)을 마라

그물(網)넘어 저편에는
대하(大河)를 통(通)햇느니

넘어야 가든마든
안이쀨줄이¹⁴⁹⁾ 잇스랴

---

149) 아니 뛸 줄이

단곡오십편(短曲五十篇) 其二十九

지옥(地獄)가기 두려랴만
님 이별(離別) 참아설소

바른말 하온죄로
이몸은 가거니와

님이야 무삼죄로
날그리게 되단말가

단곡오십편(短曲五十篇) 其三十

아무때 쑤리여도[150)

이쌍[151)에 쑤릴피니[152)

이왕이면 곱게 쑤려

님 안전(眼前) 곱게 쑤려

방울방울 꼿이되야

송이송이 웃게하자

---

150) 뿌리어도

151) 이 땅

152) 뿌릴 내리니

단곡오십편(短曲五十篇) 其三十一

향기(香氣)차저 온나비니
빗흔고와[153] 무삼하리

분단장(粉丹粧) 곱게함은
이내 소원(所願) 다안이니

가슴에 쓸는 피만을
향기(香氣)삼아 쑤려주오

---

153) 빚은 고와

단곡오십편(短曲五十篇) 其三十二

잘난들 엇더하리
못난들 엇더하리

썸만한 일생(一生)이니
씀이란들 엇더하리

두어라 엇더하리만은
피가쓸는 다음이랴

단곡오십편(短曲五十篇) 其三十三

두손벽 마조츠니[154]
적수공권(赤手空拳) 조흘시고[155]

누덕이 옷한벌도
내소유(所有) 안이어니[156]

동서(東西)에 내구른들
구차함이 웨잇스랴

---

154) 마주치니
155) 좋을시고
156) 아니어니

단곡오십편(短曲五十篇) 其三十四

비바람 나려침은
기후(氣候)를 따름이오[157)]

심으고 매옵기는
먹고살기 위(爲)함이니

농부(農夫)야 때일치말아
아마도 이철인가 하노라

---

157) 따름이오

단곡오십편(短曲五十篇) 其三十五

창해(蒼海)가 제널은들
싯단곳[158) 업슬소냐

어리석은 저사공아
갓안뵌다[159) 탄(嘆)을 마라

저어서 쏘저으면
설마한들 못건늬리[160)

---

158) 끝 닿은 곳
159) 갓 안 보인다
160) 못 건너리

단곡오십편(短曲五十篇) 其三十六

낙시에 채는 고기
어리석다 말을 마오

배곱흔[161] 다음이어니
안이물고[162] 어이하리

아마도 이목구멍이
웬수인가 하노라

---

161) 배 고픈
162) 아니 물고

단곡오십편(短曲五十篇) 其三十七

천년전(千年前)에 흘은물163)
천년후(千年後)도 흘을물

흘으고 쏘흘너시
쑤준해 멈춤업네

어집어 일군들아
우리도 저물처름

---

163) 흐른 물

단곡오십편(短曲五十篇) 其三十八

조생모사(朝生暮死) 이 인간(人間)을
탄(嘆)한들 무엇하리만

시계(時計)놋코[164] 거울보니
선한숨이 절노나네

말어라 자연(自然)이라니
우슴으로[165] 마지하자

---

164) 놓고
165) 웃음으로

단곡오십편(短曲五十篇) 其三十九

여름밤 쌀다더니[166)
이밤이 웨이긴고[167)

내일(來日)걱정 생각하면
그래도 다행컨만

오실님 안오시니
지리도 하온지고

---

166) 짧다너니
167) 웬일이고

단곡오십편(短曲五十篇) 其四十

쏫두고 못일움은168)

그대약(弱)한 탓이오니

한백년(限百年) 그리는 정(情)

설다만169) 말을 마소

긔왕밧칠170) 치몸이니

앳긴들171) 무삼하리

---

168) 못 이룸은
169) 서럽다만
170) 기왕 바칠
171) 아낀들

단곡오십편(短曲五十篇) 其四十一

얄미운 원숭이오
어리석은 곰이어니

행여나 저곰아
원숭이 친이마라

섯불이[172] 속뵈엿다가
네코쎌가[173] 하노라

---

172) 섣불리
173) 네 코 뗄까

단곡오십편(短曲五十篇) 其四十二

고래가 제억센들
물업시야 어이하리

석권천하(席捲天下) 하는놈도
'팡' 한쪽의 힘이란다

홈이든 농군(農軍)님네야
양호우환(養虎遇患) 경게[174]하쟈

---

174) 경계

단곡오십편(短曲五十篇) 其四十三

곰배팔이 춤을 춤도
저잘난 맛이란다

제자랑 제처노면
할말이 웨잇스리

아마도 이세상(世上)은
장닭의 노름인가 하노라

단곡오십편(短曲五十篇) 其四十四

벗모르는 장님이오
말모르는 벙어린들

오장(五臟)은 다갓거니
생각인들 달을소냐[175]

엽구리[176] 쑥씰너보면[177]
그도눈치 채올너라

---

175) 다를소냐
176) 옆구리
177) 꾹 찔러보면

단곡오십편(短曲五十篇) 其四十五

어리석은 굼벙이도
밟으면 납듸거든[178)

성성한 이몸으로
눌임[179)을 밧을[180)제랴

눌으면 눌을사록[181)
탄력만 더할너라

---

178) 앞뒤거든
179) 눌림
180) 받을
181) 누를수록

단곡오십편(短曲五十篇) 其四十六

맹세코 먹은맘을
님에게 못뵐다면[182]

백인(白刃)의 저신세를
차라리 입을망정

구구한 이발길을
돌여셀줄이 잇스랴

---

182) 못 본다면

단곡오십편(短曲五十篇) 其四十七

청춘(靑春)의 쓸는 정(情)을
단공(短筇)에 붓치옵고

쏫업는 이발길을
소파람에 옴기오니[183]

강산(江山)도 적막(寂寞)커니와
독보건곤(獨步乾坤) 이안이냐

---

[183] 옮기오니

단곡오십편(短曲五十篇) 其四十八

보아서 갓모르매
깁힌들[184] 어이알이[185]

풍풍우우(風風雨雨) 몃만년(萬年)에
동요(動搖)업는[186] 저바다니

거룩한 님의 마음을
저바다라 불늘가나

---

184) 깊인들
185) 어이 알리
186) 없는

단곡오십편(短曲五十篇) 其四十九

두다리 성한거던
어대인들 목가리만

구차(苟且)한 '팡'한쪽이
이몸을 억매노아

아서라 어대를 간들
이천지(天地) 달을소냐[187]

단곡오십편(短曲五十篇) 其五十

산(山)넘어 쏘산(山) 넘어
물건너 쏘물건너

님게신[188] 곳이어니
내차저[189] 가올것을

안저서[190] 기달이다가[191]
이한밤만 다새노야

---

188) 님 계신
189) 내 찾아
190) 앉아서
191) 기다리다가

단상수제(斷想數題)

희연(戲戀)

꽃이 피면은
나는 욺니다
니처진 지난달이 또다시 그리워라
마음 괴로히 나는 욺니다[192]

꽃이 지면은
나는 웃습니다.
소녀(少女)의 노래란 그저 저 꽃이라하여
눈감아 나는 웃습니다.

---

192) 욺니다

청춘(靑春)

엊그제는 자라나는 생각에
새날과 새날을 찬미(讚美)하였드니
아아 오늘엔
쓸어지는 해가 원망스럽구료
청춘(靑春)의 고개를 넘는 시절이라니

동지(同志)

이몸이 도마우에 가로놓인다면
나보다 더슲어할자가¹⁹³⁾ 있을가나
부모(父母)?

형제(兄弟)?

처자(妻子)?

아니다 없다 없다 없다

오즉 한사람이있다

그는 나와 꼭같은 운명(運命)의 소특자(所特者)

오즉194) 그사람이

그 사람만이 서로 붓들고

웃을 수도 있고 울 수도 있다

---

193) 더 슬퍼할 자가
194) 오직

사향(思鄕)

수로(水路)로 천리(千里) 육로이천리(陸路二千里)
내고향(故鄕) 하늘은 서(西)으로 아득한데
길 잃은 구루만 오락가락
애끊은 이 생각 전한길 없고야
마음을 싸고 돌든 평화(平和)로운 냇물
내 고향(故鄕) 냇물은 넷대로 맑으련만
고기잡이놀든 반석(盤石) 지금엔 누가노노
내각구든 실버들도 하마나길넘을걸

닭밝은 저녁에 마을개짓기우며
앞 주막(酒幕) 색씨차저[195] 오가든 두렁길
엇그제듯 넷모양 상치안고 보이노니

애닯고야 이적막(寂寞)을 어이깨치노

수로삼천리(水路三千里) 육로이천리(陸路二千里)

깜아득한196) 생각은 샛수로 삼년(三年)

밤마다 꿈길엔 올으나리건만

이몸은 삼천리(三千里)밖197) 낙엽(落葉)에 우노나

---

195) 색시 찾아
196) 까마득한
197) 밖

단장(斷章) 基一

신수조흔198) 목사(牧師)가 설교(說敎)를 하기에
그의 말이나 밋을가 바랏더니
느러진 소매속에 매개업표(媒介業票)가 웬일이여

엊그제온 신부(新婦)가 처녀(處女)가 안이엿다고
신랑(新郞)은 정조(貞燥)다틈에199) 이혼(離婚)을 제
창(提唱)하며
자기(自己)조아하든 갈보사진(寫眞)에 키쓰200)를 던
진다.

개나 도야지는 먹기 위(爲)하야 싸우는 법이업건만

---

198) 신수 좋은
199) 다툼에
200) 키스

인간(人間)은 '팡'싸움에 칼을 쎄느니
그래도 개나도야지는 천(淺)하다하려는가

단장(斷章) 基二

아츰[201])에 피인 장미(薔薇) 저녁에 써러지고[202])

물흘으든 강변(江邊)에 야수(野獸)가 쒸놀믄[203])

알수업는 자연(自然)의 한째 현상(現象)이란다

해만지면 밥인줄알앗더니

대낫에도 밤쑴쑤고

이웃집장레술에[204]) 엉덩춤이버러짐은[205])

못밋을 인간(人間)의 한평생이란다

이마음 설게울제[206]) 님의 얼골에 쏫치피고[207])

---

201) 아침
202) 떨어지고
203) 뛰어놀면
204) 이웃집 장례 술에
205) 엉덩춤이 벌어짐은

아츰에 날 생각든이 저녁에 단보짐쌈은
달금한[208] 사랑나라의 활극(活劇)이란다

돌아를 가자[209]

도라[210]를가자

도라를가자

누덕이의 옷을 벗고

마음의 누덕이의 옷을 벗고

복(福)스럽고도 귀여운

알몸이되야[211]

도라를가자

도라를가자

무한(無限)의 정숙(靜肅)으로

영원(永遠)의 평화(平和)를 말하는

---

209) (원전) 도라를가자
210) 돌아
211) 알몸이 되어

저 거룩한 싸²¹²⁾의 어머니의
자애(慈愛)로운 품으로-

도수장(屠獸場)

도수장(屠獸場)에 **쓰을여**[213) 드러가는 소를 보고
나는 울엇다 나는 울엇다
반항(反抗)할 줄 모르는 어린애처를
부드러운누만[214) **씀벅이며**[215)
터벅터벅드러가는[216)
드둔한 발자옥밋헤서[217)
가엽슨[218) 인생(人生)의
마지막 모래를 들엇노니
나는 참으로 울엇다

---

213) 끌려
214) 부드러운 눈만
215) 끔벅이며
216) 터벅터벅 들어가는
217) 발자욱 밑에서
218) 가엾은

나는 참으로 울엇다

그러나 이것은 내의 눈물이안이라²¹⁹⁾
저소의 눈물이다
저소의 반항(反抗)을 대신한 피의 눈물이다

오 동모야
울어라 갓치울자²²⁰⁾
가슴을 두라리며
쌍을 구르며
힘차게 소래²²¹⁾처울자

---

219) 눈물이 아니라
220) 같이 울자
221) 소리

저소의 눈물을 대신하야

힘차게 소래처울자
어대서든가
우리를 부르는 소리가
들일째 **까지**[222]
들일째 **까지**

---

222) 들릴 때까지

돈놀이(만시[漫詩])[223]

1

밥을보니 구미단겨[224]
한술먹자 덤벼드니
번개가튼[225] 저손길이
돈을내라 을것네

2

두주머니 마조턴들
소전한푼 있을건가

---

223) (원전) 돈놀애(만시[漫詩])
224) 구미 당겨
225) 같은

멀미처서 쫓겨나니
사람들이 손질하네

3

추녀쓰틔226) 참새들은
돈없이도 잘살건만
치썰리는 세상살이
돈놀애에227) 귀저린다

---

226) 끝에
227) 돈 놀이에

떡방아[228)

쿵덕쿵 쿵덕쿵 이썩방아
어제도 쿵덕쿵오날도쿵덕쿵
래일 모레가 설이라고
집집이 쿵덕쿵 썩방알세

큰아기 썩방안 잣올으고
늙은이 쿵덩쿵 느리고야
이집의 방아는 무슨방아
찰썩 방아냐 메썩방아
쿵덕쿵 소리야 얼맛건만
알고나 보면은 품삭방아
열흘을 씨여도 남의방아

---

228) (원전) 썩방아

일년을 **씨여도** 헛방알세
래일 모레가 설이라고
쿵덩쿵 **썩방안** 장자방아
래일모레가 설이라고
쿵덩쿵 이방안 거지방아

큰아기 방아는 잣올으고
늙은이 쿵덕쿵 느리고야

뜻 아닌 이 땅에[229]

쏫안인 이짱에
내가 웨쩌러젓노?[230]

몰내(사(砂))한알에도
갑이 잇ㅅ다는
이짱에
아아 내가웨쩌러젓노?

---

229) (원전) 쏫안인이짱에
230) 왜 떨어졌노?

여명(黎明)

어두울가 밝을가

여명(黎明)의 쌔여

회색빗 하눌에는

별들도 썰거든

희미한 빈벌에서

길일흔[231] 나그내[232]

안이울고[233] 어니하랴[234]

아 안이울고 어니하랴

---

231) 길 잃은
232) 나그네
233) 아니 울고
234) 어이하랴

마음

이몸은 비록

서리찬 낙엽(落葉)의 가을언덕에서

가엽시도 헤매고잇스나

마음만이야 언제나

아즈랭이씬 봄동산에서

어엽분235) 천녀(天女)로 더부러236)

노일기를 마지안느니

주체스런 이몸이야 그대로

썩은 낙엽(落葉)에 덥히그라만은

시들을 줄 모르는

마음의 쏫만이

---

235) 어여쁜
236) 더불어

영원(永遠)이 영원(永遠)이
나를 향긔롭게237) 하리로다

---

237) 향기롭게

먼저 간 벗아[238]

천년(千年)을 살고 만년(萬年)을 살아도 더살고싶
흔[239] 그마음 그대는 어이하고
이렇듯 먼길을 떠나갓노?
마음에는 없을망정 아니가진못할딘가?
앞서간벗 그리워라 벗을 차저 그대갓나?
엇그제도멋 어제도멋 또 이제 그대로구나

아아 그대여 가기는갈망정
참아못가는 길인줄은 내어이몰으랴만[240]
참아나 꿈같고나 아득한이마음은—
니마에 죽을 사자(死字)를 붙이고난이 인간(人間)이

---

238) (원전) 먼저간벗아
239) 싶은
240) 내 어이 모르랴만

어니
  그대의 떠낫슴이 남달이 설으랴만
  문허진[241)이땅의 일군이되려든 그마음
  그것이 XX 인지라 속절없이 떠나갓다니
  알고도 **몷을**[242) 생각에 두주먹이 떨리노나

  아아 그대여! 벗이여?
  말없은 이땅인들 뜻이야없겠는가
  이땅을 저회(低廻)하는 구름이 겆이기까지는[243)
  가고 또가고 또가리니
  앞서가는 XX에 차라리우리는 경배(敬拜)드리려네

---

241) 무너진
242) 모를
243) 걷히기까지는

무주혼(無主渾)의 독어(獨語)

바다가 손짓하고
산(山)이 **또** 날부르매
한발은 물에 잠그고
또한발은 흙에서 웟서라[244]

산(山)으로 가자하니 바다가 그리웁고
바다로 가자하니 산(山)이 설다는 고야
어대로가리 어대로가리

두어라 정(情)이야잇고업고
한갈내의 이마음이니
어대런가 마음닷는[245]곳으로 가오리라

---

244) 왓어라
245) 마음 닿는

그러다가 그곳에서 푸대접하거든
그대로 대지(大地)를 쓸어안고 울어라
소래처 울이라 소래처울이라
울음이 깁히깁히숨여들어
이싸의 심장(心臟)을 녹일쌔까지-

바다

바다
바다
먼 바다
갓가운 바다

물결
물결
것친 물결
가는 물결

배가 **써**단인다246)
새가 날나단인다247)

---

246) 떠다닌다
247) 날아다닌다

썻다 잠겻다

소삿다[248] 나렷다

상사(相思)의 마다에[249] 씌여노은[250]

님의 영자(影子)와도 갓치

나의 마음과도 갓치-

---

248) 솟았다

249) 마당에

250) 띄어 노는

밤낮 괴로워[251]

하루해를 아귀(餓鬼)에게 몰여
휘둘이고 나면
삼천맥이모다 녹아흘을듯이
저리고 압흐다[252]
등ㅅ골에서는
식은쌈이 처흘은다[253]

그러나 자리에 쓸어즈면
말성업든 가슴속에서
새삼스리 무엇이
바삭바삭 이러난다

---

251) (원전) 밤낫괴로워
252) 아프다
253) 처흐른다

심장(心臟)을 옵여파며
사람을 괴로이군다

아아 요것은
님그런넉의254) 독살이란다
님그린넉의255) 독살이란다

---

254) 님 그런 넋의
255) 님 그린 넋의

벗에게 부치는 편지

기차(汽車)로 하룻밤 하룻낮

도보(徒步)로 강(江)건느고 산(山)넘어

육로일천리(陸路一千里) 그다지안멀건만

북(北)으로그대잇는곳 기성(箕星)을 바라보니

하늘저편갓다온곳256) 끗업는곳갓소257)

외로히흘으는258) 별불과도가티259)

아득해 갚리260)를 알겟소 혼(魂)마자살아즈오

최승대(最勝臺)난간에서 심장(心臟)에 삭인 언약(言約)

대동강(大同江)물질에 씻길리업스련만261)

---

256) 하늘 저편 갔다온 곳
257) 끝없는 곳 갔소.
258) 외로이 흐르는
259) 별불과도 같이
260) 갑리

날수(數)론 칠백(七百)에 쏘이십일(二十日)

기자릉송림(箕子陵松林)에서 서로보내든생각
생각이야날애되여 밤마다날아가나
이몸은 벼개위눈물에 써흘오오
불붓는 가슴의 불못쓰는 눈물에-

---

261) 씻길 리 없으련만

벗이여

행복(幸福)은 못나니의[262] 쓸어서[263]
피여올으는[264] 꽃치니
벗이여
그대는 부러워말나

불행(不幸)은 핏잇는 자(者)의 손에서
비저된[265] 썩이니
벗이여
그대는 달게삼키라

---

262) 못난 이의
263) 뜰에서
264) 피어 오르는
265) 빚어 된

별불

별불이 흘은다
별불 별불이
검고도깁흔 밤하늘을
지긋지긋한 빗갈로
송곳처름[266] **쇠쏠너**[267] 흘은다

아 이몸도 이몸도
빗갈업는 광야(廣野)에서
헤매는 이몸도
별불이나 되여지라
님의 눈을 소스라트릴
별불이나 되여지라

---

266) 송곳처럼
267) 삐뚤어

병상(病床)에서

어마니는 나를 오라고
손짓하시오니
오라면 가옵지오
정(情)드른 동모도
행실과 말을 가르치든
선생님도 다바리고
고이고이 가옵지오

그러나 어마니
참으로 설슴네다²⁶⁸⁾
지금까지 찻고찻든 그를
제의세상(丗上)에는 오즉하나인

---

268) 서럽고 스픔네다

그를 못만나뵈옵고 가기에는
참으로 설슴네다
원통코 설슴네다

봄동산에서

할미꼿 쏘부리진[269] 잔듸밧[270]위에
가만이 이몸을 눕히엿더니
희망(希望)에 넘치는 파란하늘은
새로운 창조(創造)에 미소(微笑)를 쯰우고[271]
보드라운바람은 이몸을 녹여불어
이몸은 점점 쌍속으로 긔여든다

내종에는
뼈가녹고 살이흘너
흔적조차 안뵈인다
누엇든 자리에는 쏫과풀이

---

269) 꼬부라진
270) 잔디밭
271) 띄우고

다복다복 욱어져
방긋방긋 웃는다
나를 축복(祝福)한다

봄들(春野)

흙냄새 풀냄새 야릿야릿한
일흔봄 드을272)에 거니르면서
다스한273) 햇볏아래 쒸어놀면은
새 생명(生命)의 노래가 들려옵니다.

종달이 울음에 곡조마치어
아리랑 닐리리도 불고자운맘.....
잔듸풀 파란싹 한움쏩아서274)
흐르는 물우에 씌워보내오

---

272) 들
273) 따스한
274) 한움 뽑아서

봄맞이²⁷⁵⁾

봄마지가자 봄마지가자

이쌍에 오는 봄 봄마지가자

개울에 어름풀리니 버들닙²⁷⁶⁾속눈쓰고

아즈랑이 동산에는 노구조리노래일다

아쌍에 오는 봄 봄마지가자 새봄마지

귀공자는 말달리제 아기씨네 **꼿노리요**²⁷⁷⁾

고대에는 풍류랑 승자찻는 시객이라

행락의 봄 환희의 봄일다

봄마지가자 봄마지가자

이쌍에 오는 봄 봄마지가자 새봄마지

---

275) (원전) 봄마지

276) 버들잎

277) 꽃놀이요

우마는 밧278)을 갈제 농부님네씨쑤리고
리재민은 박이지요 주린창자도 적내니
비애의 봄 XX의 봄일다
봄마지가자 봄마지가자
이쌍에 오는 봄 봄마지가자 새봄마지

278) 밭

붉게 타는 감잎[279)

-북성(北城)에게신M에게-

빩안닢새[280) 감닢[281)새는 남국의 자랑입네
북방의 새악씨이 구경인들 하엿스며

초롱초롱 달린감을 하나 둘 따나보면
오색채단 감닙새도 하나 둘 나려집네

나려지면 아희들은 속곰작란[282) 옷을 깁고
아까씨넨 쓸어모아 마눌[283)밭을 덮어줍네

---

279) (원전) 붉에타는감닙
280) 빨간 잎새
281) 감잎
282) 소꼽장난
283) 마늘

빩안닢새 감닢새는 이고장의 자랑입네
자랑입네 한닢새를 고히[284]봉해 드리옵네

빛이어던 팔안[285]빛이 아니어던 빩안빛이
청춘의 타는혼을 그얼마나 흔드옵나

---

284) 고이
285) 파란

사랑의 꽃[286]

벗이여
사랑의 꽃츤 보아서모르느니
눈감고 씹어보라
참되게 고흔꽃은
향긔로움[287]보다 쓰림이더하리니

벗이여
사랑의 꽃은 보아서모르느니
눈감고 씹어보라
참되지 못한 꽃은
약간의 향긔는 잇슬망정
마음과 피를 얼구리니

---

286) (원전) 사랑의 꽃
287) 향기로움

산중처녀(山中處女)의 노래

참아나 그리운 마음
한종일 헤매어도
뒷ㅅ동산 잔듸밭이
곱돌아 드네 내놀이 터라네

세상(世上)이야 넓다 들아만
두견(杜鵑)이는 내 속 아나
밤마다 하늘만 보면
북두성(北斗星)이 눈띄더라 그립더라

산앵도 붉었으니
오신듯도 하건마는
제비라 날아나 갈까
나날이 해만지네 이해 또 지네

산중(山中)에 사는 몸이니
한강수(漢江水) 내 몰은다네[288]
서울이 북쪽 이란 말
들으면 무엇하오 옷깃만 더적시지

288) 모른다네

새날

한올이문허지느냐[289] 쌍이꺼지느냐[290]?

오오우주(宇宙)는 새날을 낫는다 새날을

들어보라 가슴을 울리는 이큰소리를-

새날의 산고(産苦)를 외치는 최후(最後)는 닥아왔다

기(旗)빨을[291] 날리라 홰ㅅ불을 잡으라

용감(勇敢)스리 새날을 마자스라 새날을-

비겁(卑怯)한자에게는 은혜를 베풀리라

　주인(主人)을 쌀흐는[292] 강아지는 누릉지[293]를 걱
정말라

---

289) 하늘이 무너지느냐

290) 땅이 꺼지느냐

291) 깃발을

292) 따르는

293) 누룽지

구멍을 잃은 생쥐에게는 갈길을 밝혀주마
내굴르는 굼범이²⁹⁴⁾는 예수가와서 구하리라
오즉하나의 XX을 너만이던지리니

오오나오라 용감(勇敢)한길잡이여 나오라
써러지는해ㅅ덩이를²⁹⁵⁾ 집어동(東)으로 던지라
이쌍을 걱구로²⁹⁶⁾ 들어돌리라 걱구로—
바람은 사막(砂漠)에 사막에 날러라 해소(海嘯)아너
도 일거라
째는일순(一瞬) 지금이압헤는²⁹⁷⁾ 오즉 일순(一瞬)

---

294) 굼뱅이
295) 떨어지는 햇덩이를
296) 거꾸로
297) 지금 이 앞에는

쏟이다

용감(勇敢)한 무리여 새날을 마자스라 새날을-

새로 일어나는 힘²⁹⁸⁾

　광명(光明)을 위(爲)하여 희망(希望)을 향(向)하여 네
의 가슴에 불이 부틀째²⁹⁹⁾

　네의 체중(體重)은 얼마나 무거웟더냐

　한걸음 한걸음 장중(莊重)한 보조(步調)로 발자옥을
옴겨노을³⁰⁰⁾ 째마다

　울리엇다니 울리엇다니

　대지(大地)의 심장(心臟)을 쐬쏠코³⁰¹⁾ 그밋바닥까
지³⁰²⁾ 울리엇나니

　굿세게³⁰³⁾ 또 굿세게 우주(宇宙)의 만상(萬像)을 불

---

298) (원전) 새로일어나는 힘
299) 붙을 때
300) 옮겨 놓을
301) 꿰뚫고
302) 그 밑바닥까지

살을듯이[304]

　나려지르는 불붓는저 태양(太陽)은 곳 희망(希望)에
타올으는[305]네의 정열(情熱)의 표징(表徵)이아니이냐?
　대담(大膽)한데의 호흡(呼吸)이아니드냐?

　오오너는 대담(大膽)한 자(者) 용감(勇敢)한 자(者)
　신비(新祕)의 탑(塔)을 불살으는 새세기(世紀)의 창
조자(創造者)-

　달거림자[306]에 그리여진 요마(妖魔)의 살림은

---

303) 굳세게
304) 불사를 듯이
305) 타오르는
306) 달 그림자

백랑(白狼)의 소굴(巢窟)은-도시(都市)는-문명(文明)은

네의그무겁고도 험살구즌307)토족(土足)에 짓밟히고 마노니308)

오오대담(大膽)한 자(者) 문명(文明)의 파괴자(破壞者)

용감(勇敢)한 자(者) 새세기(世紀)의 창설자(創設者)-

---

307) 험살궂은
308) 짓밟히고 마느니

새벽까지

새벽마다 깍깍깍깍 짓는까치는
우리집앞 감낡309)에서 짓는까치는
반간310)소식 전해주는 까치라지요

엄마엄마 뭇은소식 듯게될가요
일본가신 아버지가 돈보내려나
량식팔고 월사금도 갚아주라고
그럼그럼 정좋지요 엄마정좋조

새벽마다 깍깍깍깍 짓는까치는
우리집앞 감낡에서 짓는까치는
반간소식 전해주는 까치라지요

---

309) 감나무
310) 반가운

엄마엄마 그러면은 누가오실가
감옥가신 큰언니가 나오실라나
죄명벗고 전과같이 공장가려고
그럼그럼 정종지요 엄마정좋죠

새해 또 새해[311]

제년에 마지한 새해 또 저제년에 미지한 새해

해마다 한번씩은 맛는 새해 모다별수업든것을[312]

하루밤을 뒤로 미루고 또새해라하니

사람은 여전히 그사람인것을

새옷가라새해마지 곱게들 하노나

실업지안흔[313] 맹서(盟誓)를 실업시들매즈며―

그러면 하루밤사이에 모다원각(圓覺)을 하얏나

엇그제까지는 조을고만잇섯든가?[314]

새해마지 새옷닙으며 굿게 맷는 맹세

---

311) (원전) 새해 또 새해

312) 모두 별 수 없던 것을

313) 실없지 않은

314) 좋은 것만 있었든가?

래년이 쌔면 쏘 외우칠 선합흠인것을
해마다 해마다 매젓다[315]풀고 쏘풀것을-
그래도 새해라니 반겨나볼가 마음괴로히

이해는 싯없는 이해 이쌍도 그러할 이쌍
사람은 그사이에 쑤준해안 멈출것을
내사머츨너라 새해 쏘 무근해
그리고 새삼스런 맹세 되푸리하는 맹세-
줄기전은것고말 한갈래의 길이거나
이쌍에 올제가진 맹서(盟誓) 그하나쭌인 것을

---

315) 맺었다

새해를 맞이하는 동무여

동(東)에서 솟아 서(西)으로 떨어지는 해는
어제와 오늘이 다름이 없고
얼음에 숨끊은 이 따우316)에는
북국(北國)을 거쳐오는 눈바람만이 울부저 끊임없거늘
하로밤317)을 사이에 두고 새해라 외우나이다.

동무여 우리도 이날을 새해라 불러보사이다
새해 새발마지에 기뻐 날뛰며
약속(約束)과 명서(盟誓)로써 가장 뜻잇시 악수(握手)하는 저들과 같이
우리도 심장(심장)을 파혀치고 더한번 생각을 씹어보사이다

---

316) 땅 위
317) 하룻밤

불행(不幸)과 고난(苦難)에서 싸와보낸 지난해라면,

새날이란 이름만도 반갑기야하외다

　그러나 현실(現實)은 역시(亦是) 그현실(現實)인것

을 어이하나니까

　그저 감회(感懷)만이 닳다리까-

　하로밤 바뀐꿈을 회전기(廻轉期)라 외우치기에는

　어제날에 드린 정성(精誠)이 너머나 작란318)같사외다.

　과거(過去)는 우리의 과거(過去)는 그것이

　거리를 어즈럽히는319) 허수아비의 한때 그림자가

아니외다

　세기(世紀)의 저끝을 향하야 창조(創造)의 화살을

---

318) 장난
319) 어지럽히는

시험한 첫 행보(行步)외다

　이땅에 널려잇는 동무들이여
　새해를 마지하는 우리의 느낌은
　어젯날에 가젓든[320]바와 다름없다 하나이다
　한갈래의 우리의 생각은 세기(世紀)로 더부러 변함
이없다 하나이다

　오직 내일(來日)의 평화(平和)를 위하야 대지(大地)
와 예조(預調)된 이 거름만이
　바다에 옴길[321]때에는 노도(怒濤)로-
　사막(沙漠)을 끊을때에는 선풍(旋風)으로-

---

320) 가졌던
321) 옮길

공중(空中)을 달릴때에는 벽뢰(霹雷)로―
힘차게 부르짖으며 빌뿐이외다.
무언(無言)의 심장(心臟)과 심장(心臟)을 통하야 더
욱 굳게 손잡아 빌뿐

생명(生命)의 행진(行進)

바다의 생명은 노도(怒濤)가 티달릴쌔에322)

비상한 음향(音響)에서 보앗나니 이는 마치

밥을 찻는 주린 사자(獅子)의 으르대임갓더라323)

아아 노도(怒濤)야 치달리라

네의 음향(音響) 마다의 생명일다

사람의 생명은 최후의 일순(一瞬)을 그릴쌔에

두주먹에서 보앗나니 이는 마치

수레바퀴를 부시는 만근전추(錢椎)보다 더할러라

아아최후의 일순(一瞬)이여

네의 힘을 시험하것다

이외다.

---

322) 치달릴 때에
323) 으르대 임 갓더라

생명화(生命花)

지구(地球)의 심장(心臟)에서 싹이돗아[324]
쓸쓸한 싸위에 꼿이피기에
한송이 썩거서[325] 입맛치엇더니

이내 심장(心臟)에도 붉은 싹이돗아
한송이 꼿봉아리가 피여올으오[326]
이꼿을 나의 생명화(生命花)라오

---

324) 싹이 돋아
325) 꺾어서
326) 피여 오르오

선동(煽動)

쒸라 쒸라
춤추라 노래하라
힘차게
굿세게
불상하나마 네의 심장(心臟)에
한바울피라도327) 마르기전에

쒸라 쒸라
힘차게 굿세게-

---

327) 한 방울 피라도

소녀(小女)의 화상(畵像)

곱고도 보드러운
그대의 가슴이니
꽃동산이라 부를가나

맑고도 차운
그대의 마음이니
가을련못이라 부를가나

순정(殉情)의 꽃

이동산에 피는 꽃을 철잃다 뉘하느뇨
치달리는 눈밤에 떨기도 오래ㅅ거니
언제나 그대로 숨끈을 줄 알았드냐
무거운 탄력에 뒤터지는 몸임것을-

뒤덥히는 눈속에도 생명(生命)은 흘었노니328)
소생(甦生)을 부르짓는 우렁찬소리는
희망(希望)에 타올으는 피웃음꽃은
이고장 이동산에 큰봄을 외치거늘-

보아라 삼천리(三千里)에 오는 봄을
희망에 타올으는 점점(點點)히 붉은 꽃은

---

328) 흘렀노니

큰열매 선물할 귀여운 꽃이거니
눈물짜든 시절이야 옛노래아니랴

썩어진 고목(枯木)이야 더썩거나말거나
우리는 정성을 합하고모도아329)
불붙은 희망(希望)에 피여나는 이꽃이
큰열매 맺기까지 한ㅅ것330) 북돋으리라

---

329) 합하고 모아
330) 한껏

시조삼장(時調三章)

-눌린이의 놀애에서-

두손벽마조치니 적수공권(赤手空拳)조흘시고
누더기 옷한벌도 내소유(所有)아니어든
동서(東西)에 내굴은들 구차함이웨잇스리[331]

님은 참아뭇지마오[332] 부평초(浮萍草)이 종적(踪跡)을
썩은 비(碑) 아니어든 움즉일줄업소리싸[333]
구름아닌 이모이니 싸우에[334] 이소리나

구름아 흐르느냐 벽공(碧空)도 조흘시고

---

331) 구차함이 왜 있으리
332) 차마 묻지마오
333) 움직일 줄 없으리까
334) 땅 위에

천만년(千萬年)써나간들 뉘라서 뭐라소냐
자유(自由)에서 자유(自由)로 이마음네로구나

시조삼장(時調三章)

-눌린이의 놀애에서-

마음이야 천리만리(千里萬里) 어대[335]인들 못가랴만

피무든이 육신(肉身)은 촌보(寸步)가 지난(至難)하니

대지(大地)도 무심(無心)커니와 이것이 뉘의죄ㄴ고[336]

동천(東天)이 밝아오니 초목(草木)도 잠을 쌔오[337]

지난밤에 취(醉)한님아 갈길을 이젓는가

북소리들리오니 나룻배다핫는가하노라[338]

쑴속에 맛나본님 쑴쌘뒤면 허사(虛事)로다

---

335) 어디

336) 누구의 죄인고

337) 깨오

338) 나늣배 닿았는가 하노라

머릿속에 지은살림 눈닥고[339] 삷혀본들[340]

흙냄새 나는 이쌍우에 그림자가 잇슬소냐

---

339) 눈 닥고
340) 살펴본들

시조삼장(時調三章)

-눌린이의 놀애에서-

기일(基一)

녀름밤 **쩗**다하나 이밤은 웨이긴고
내일(來日)을 생각하면 그래도 다행(多幸)컷만
오실님 안오시니 지리도 하온지고

님없다고 섧다마오 밤없는거 더섧데다
한백년(限百年)모 실님이야 잠시(暫時)그려 어쩌리만
죽기못해 하는 '종'질 압박(壓迫)만이 보수(報酬)라오

그대곱다 자랑마라 한**껍**질 벗겨노면
비린피 고혓기는 동물(動物)이면 다갓다오
'연지곤지'나치우고 인간(人間)으로사옵세다

기이(基二)

님타신 망아지가 천리준총(千里駿驄) 아니어든
서산락일(西山落日) 된 연후(然後)면 어이가려 취(醉)
습넷가
오신길도 만커니와[341] 가실길이 만리(萬里)외다

비바람 나려침은 기후(氣候)를 싸름이오
심으로 매읍기는 먹고살기 위(爲)함이니
농부(農夫)야 쌔일치마라 아마도 이철인가하노라

함지(陷地)에 가친범아[342] 조을기는[343] 무삼일고

---

341) 많거니와
342) 갖힌 범아

째로주는 한근(斤)고기 그만하면 자족(自足)터냐
태산(泰山)을 넘든 솜씨 넷344)정(情)을 생각해라

---

343) 졸기는
344) 옛

시조사장(時調四章)

-눌린이의 노래에서-

피투성이 이몸을 잔인(殘忍)타만 말마소
생각을 끈흐니[345) 나도곳 생불(生佛)이언만
발부칠 이싸[346)이야 도피(逃避)할줄이 잇슨랴

갑혈한 그대설움 생명(生命)을 얼케리니
흘으는 눈물이야 거즛[347)이잇스랴만
심장(心臟)의 고동(鼓動)에다 귀를 기우리소

벽상(壁上)에 시계(時計)도니 이몸도 늙을시고
애닮고나 짧은일생(一生) 초(秒) 앗갑건만
밤낫업는 기계(機械)살림 시간(時間)더듸어[348)원수

---

345) 끊으니
346) 이땅
347) 거짓

로다

여울에 몰닌고기 물좁아 한(恨)을마라
그물넘어저편에는 대하(大河) ○○햇스니
넘어야가든마든 아니 ○○ 줄잇스랴

시조육장(時調六章)

향기(香氣)처저온[349]나비니 빗흔[350]고와 무삼하리
분단장(粉丹粧) 곱게함은 이내 소원(所願)다안이니
가슴에 씰는[351]피를 향기(香氣)삼아 뿌려주오

지옥(地獄)가기두려랴만 님이별(離別)이참아설소[352]
바른말 하온죄(罪)로 이몸은 가거니와
님이야 무심죄(罪)로 날긔리게되단말가[353]

명월(明月)이구름에든들 제양자 어듸가랴
규중(閨中)에 게신[354]님을 남이야 알던말던

---

349) 찾아온
350) 빛은
351) 끓는
352) 님 이별이 차마 서럽소
353) 날 기리게 된단 말인가

그의뜻 내아노니 밋음³⁵⁵⁾만 굿셀네라

아무째 쑤리여도 이짱우에 쑤릴비니
이왕이면 곱게쑤려 님 안전(眼前)에 곱게쑤려
방울방울 쏫이되야 송이송이웃게하자

XXX XXXX XXX XXXX
XXX XXXX XXX XXXX
XXX XXXX XXX XXXX

잘난들 엇더하리 못난들 엇더하리³⁵⁶⁾

---

354) 계신
355) 믿음
356) 어떠하리

썸만한 일생(一生)이니 쑴이란들[357] 엇더하리
두어라엇더하리만 피쓸는[358] 다음이랴

---

357) 꿈이란들
358) 피 끓는

아기

남의 집 문구멍을 함부로 쥐어 쏫고[359]

울타리미테나 불을 싸노하도

조그마한 써림성[360]도 갓지안는게

아기의 귀여운 마음 적라라(赤裸裸)한 마음이란다

동모여 우리는 아기가 되자

이쌍의 적라라(赤裸裸)한 아기가되자

썩어진 고목(枯木)에 쏫아니핀단다

남의 장단에만 춤추지말고

우리의 가슴을 먼저만저보자

조그마한 체온(體溫)이라도 남아잇는가-

잇거든 그제에 그의 고동(鼓動)을 쌀하[361]

---

359) 뜯고
360) 꺼림성

춤추며 노래하지 적라라(赤裸裸)한 아기가 되자

눈설은 것보고도 눈감은 것처럼
점쟌코도362) 못생긴것은 쏘업단다
하루사리 생명(生命)에도 의의(意義)가 잇나니
젓가슴을 헤치는 아기의 마음으로
쒸노는 심장(心臟)에 두발을 내세우자
이쌍의 적라라(赤裸裸)한 아기가 되자

361) 딸아
362) 점잖고도

아라사새악씨(一)

'루시야 팡……'
'루시야 팡……'
이치운 밤거리인대도
아라사 새악씨는 팡을 팔러 다닌다.

이방(異邦)의 연인(戀人)을 찾어 왔다는
가없는 아라사 새악씨-
이처름 눈보라 날리는 밤이면
고국(故國)을 그리는 마음인들 오작이나-

그러나 한번 바친 마음이라
도라 설줄 몰으고363) 밤마다 밤마다

---

363) 모르고

'루시아 팡…. 루시아 팡….'
가없는 아라사 새악씨-

'당신의 애인(愛人)이 어대잇소?'
'조선 안에-, 이 땅우에-'
'루시아 팡… 루시야 팡….'
가없은 아라사 새악씨

아라사새악씨(二)

이곧은 극동(極東)에도 조선
이름만도 반갑사외다.
나의 연인(戀人)을 길너준 땅이라니-

그렇길래 나는 서투른 생각없이
이렇게 발길을 드려 놓앗소.
모다 연인(戀人)의 동지(同志)들 같구료.

나의 연인(戀人)은 지금 어대잇나요?
나는 만리(萬里)밖³⁶⁴⁾ 이방(異邦)의 처녀(處女)외다.
이혈족(異血族)이라 박대를 말아주서요.

---

364) 밖

부모(父母)보다도, 형제(兄弟)보다도
더 그리고 그리운 연인(戀人), 그는
여러분과 함께 백의인(白衣人)이외다

아아 그대야[365]

가슴에 붓는불은
애닯은 이청춘(靑春)을 여지(餘地)업시살으건만[366]
두줄긔[367] 흐르는 눈물은
비안인 탓이런가
이불을 못써주네

아아 그대야
이불을 못써주네

---

365) (원전) 아아그대야
366) 여지없이 살 건만
367) 두 줄기

아기의 자랑[368]

악이에게 말을 가릇첫더니[369]
귀먹은 나귀와도 말을하자오

악이에게 작난[370]을 가릇첫더니
이웃집 바둑이와도 씨름을 하자오

악이게 행실을 가릇첫더니
비마즌[371] 허수아비에게도 절을 하오

악이는 총명(聰明)하야 가릇치는 대로하오

---

368) (원전) 악이의 자랑
369) 가르쳤더니
370) 장난
371) 비 맞은

그러나 편이누어쉬라면372) 그것은 도리질하오

---

372) 편히 누워 쉬라면

여름길

개아미는 풀푹이를[373)]
정자삼아 모혀들고
어리석은 굼벙이
싸위에서 뒤궁글제
나는 정오(正午)의 길을 것는다
님게시곳을[374)] 향(向)하야
이럿케도[375)] 으젓이것는다

---

373) 풀포기
374) 님 계신 곳을
375) 이렇게도

연심(戀心)

-요한에게-

이몸은 나그내[376] 홀로된 나그내외다
약속한길을 것고말 홀로된 나그내외다
나의것는이 길이 사막(沙漠)이든 바다이든
또 꼿박[377]이든 가시밧[378]이든
게뉘가뭇나이까[379] 시비를 하나이까
써나가는 저구름에 대포(大砲)나노아봅쇼[380]

그러나 나는 열집문간을 두들겨보앗노니
홀로된 나그내이라 길동무 그리워라
애닯아하는 마음 동무찻는 마음이외다

---

376) 나그네
377) 꽃밭
378) 가시밭
379) 게 누가 묻나이까
380) 대포나 놓아 봅쇼

내피리 **쌔**서부든 어제ㅅ날 큰아기여
오날엔 가마타고 새서방님 **싸**른다고
깃버는 합소만은 외론 마음 알아나줍노

연춘곡(戀春曲)

-노풍(蘆風)에게-

쏜 얀비381) 봄비는 어릴째의 내쑴
이강상에 오는 비도 어릴째의 내쑴

쏜 얀비 봄비는 이강산에 오는비
어릴째의 내쑴도 이강산의 이비

가지마다 맷는 쏘츤382) 어릴째의 내쑴
내쑴에 맷는 쏘츤 이강산의 이쏫

어릴째의 내쏘츤 뽀 얀비의 쏫
이강산에 맷는 쏘츤 내 쏫의 봄나비

---

381) 뽀얀 비
382) 꽃은

내쏘최 봄비는 이강산에 넘 놀고
이강산의 봄나비 내쏘치방싯웃고

쏘 얀비 보슬보슬 내쏘치 무르녹고
이강산 보슬보슬 송이송이 꼿피고

열 손가락383)

씨여진384)열손가락 그뉘가 만들엇나

두마듸385)곱치어서 열가래로 만들어진

가늘은 대(竹)마듸와도가티386) 말라비틀어진 이내 열
손가락

불사록불사록 가련(可憐)키짝이업네387)

세살이넘어서 밥씨기를388) 씹을적부터

어머니 젓389)가슴을 옵여쓰드며390) '엄마야 왜 젓
아니주노' 데굴데굴째도 써보앗고

---

383) (원전) 열손가락

384) 찢어진

385) 두 마디

386) 대 마디와도 같이

387) 가련하기 짝이 없네

388) 밥티기: 밥알의 전라도 방언

389) 젖

390) 엎여 뜯으며

한나히두나히더잘아나 냥구즌391)세욕(世慾)에 불이 부틀째

구멍을 찻는게(蟹)발과도가티 이리저리 저리이리 열 손가락을 놀리며

아득한 천지(天地)를 해매여도 보앗고

어머니를 일코 집조차 쌔앗긴 후(後) 주린배를 엇지 못하여

이쌍을 옴여파며 허리를 굽히기도 한두번이 아니엇네

그러나그러나 실패(失敗)에 실패(失敗)를 더하면서도

오히려 무엇을 더 찻고자 비틀어진 열손가락은 움즉 이고 잇네

시들어즌 이몸과 함께 시들어즈면서도

---

391) 한 나이 두 나이 더 잘 아는 양 굳은

아아 무엇을 더찻겟다고 이러케도 부즈런이[392] 움
즉이고 잇네

---

392) 부지런히

영생화(永生花)?

싸위에 쏫이필제
처녀(處女)가 생겼다고
님은 말하오니
그러면 쏫과 처녀(處女)는
한가지일가요?

찬서리 나리오면
쏫은 시들어도
처녀(處女)의 고은맵시는
그대로 잇사오니
그러면 처녀(處女)는
영생화(永生花)일가요?

영원(永遠)이 비애(悲哀)

그누구를 그리우는 비애(悲哀)는
영원(永遠)일줄 밋노라[393]

나는 그를 알건만
그는 나를 모르느니

그는 나를 알건만
나는 그를 모르느니

아 그 누구를 그리우는 비애(悲哀)는
영원(永遠)일줄 밋노라

---

393) 믿노라

우리 씨암닭[394]

알잘낫는 씨암닭 우리씨암닭
엇그제[395]도 알한개 어제또한개
아츰[396]마다 꼭구댁 알잘낫는걸
하나 둘 셋 넷 모이럇더니[397]

모이면은 월사금 보태럇더니
오늘아츰 장으로 나갓답니다
세금독촉 못겨더 나갓답니다
단열개도 못되는 알도없어오

---

394) (원전) 우리씨암닭
395) 엊그제
396) 아침
397) 모이었더니

장에나간 가엾은 우리씨암닭
식전마다 꼭꼭꼭 모이먹든닭
래일○○ 먼 뉘손에 모이먹을가
날생각고 이밤에 잠못잘것을

우음(偶吟)

개아미의 죽음에도

눈물을 흘이는 자(者)는 잇다하오니

뭇노라[398] 인간(人間)이

그다지도 자비(慈悲)한가?

피뭇은 쇠갈비를

가로물고 쏫는 자(者) 잇다하오니

뭇노라 인간(人間)이

그다지도 잔악(殘惡)한가?

---

398) 뭇노라

이별의 찬미

떠나가는 배가 좋더라
나는 리별이 좋더라
강남각씨 청제비도
생각하면 올때보다 갈때가
더 마음이 흔들리드라니-

떠나가는 배가 좋더라
나는 리별이 좋더라
떠나는 생각, 보내는 마음
거기에는 염통을 짜아내는
밝안안 피의 눈물밖에는 없드라니-

떠나가는 배가 좋더라
나는 리별이 좋더라

하늘을 우를어 슬픈노래 불러보앗느뇨?
'잘가거라, 잘살어라'
여기에는 인간을 초월하는 참의 슲음이잇드라니–[399]

떠나가는 배가 좋더라
나는 리별이 좋더라
나는 리별을 위하여 그대를 맞이하련다
별빛보다 맑은 령의 노래를 들으려
그 말고 슲은[400] 노래에 고요히 잠들러–

---

399) 슬픔이 있더라니
400) 슬픈

잊어지어라[401]

이저지오라

이저지오라

다시 잡을수업는

넷날[402]의 것이어든

그저 이저지오라

밤이되야 잠이들어

꿈속싸지라도—[403]

---

401) (원전) 이저지오라
402) 옛날
403) 꿈속까지라도

입(口)

블그스레한 그대의입
가짓피인 장미(薔薇)꼿인듯
그빗갈[404] 그맵시에
내눈은 황홀하야
뒤흔들이는 가슴을 쓸어안고
가든[405]길 그대로 일헛노라[406]

헛튼정신 취한거름
행여나 발자옥옴기다가[407]
그대의 가슴에 쓸어지거든

---

404) 그 빛깔
405) 가던
406) 잃었노라
407) 발자국 옮기다가

어리석은 이몸이 범나비되야

장미꼿 그대입에

향긔차저[408] 온줄아소

---

408) 향기 찾아

자중(自重)

꼿웃기는 봄바람이라고 은혜롭다할가
님울리는 가을비라고 원망스럽다할가
날생각는 이잇다고 깃버나할가[409]
그분이업다고 울어나볼가?

아서라 말어라
못난짓 어리석은 짓인것을-
둥근달 덥는 구름 심사야잇고 업고

밝은 양자(樣子) 그 양자(樣子) 제어대가리
폭포(瀑布)야 써러저도[410] 바위안 째지고
바위야 째여진들 폭포수 안 흘으리

---

409) 기뻐나 할가
410) 떨어져도

돌다리 무쇠다리 튼튼한 두다리
이쌍을 버틔고[411] 웃둑[412]이서니
사람의 무게도 무던한 것을–
어리석은짓 못난짓 구만두어라

---

411) 버티고
412) 우뚝

전원(田園)으로

가자

가자

전원(田園)으로 가자

우리의 먹을 것은

그곳에서 엇나니

푸른풀욱어진413)

전원(田園)으로 가자

심으고 매려

그곳으로 가자

독마(毒魔)의 소굴(巢窟)을 써나

아귀(餓鬼)의 싸움터를 버리고

---

413) 푸른 풀 우거진

도시(都市)를 버리고
전원(田園)으로 가자
건전(健全) 알몸이되야
자연(自然)의 혜원(惠源)을 차저
가자
가자

절로 우는 심금(心琴)⁴¹⁴⁾

(一)

새로세시 남자다운 고요한밤을 흘로 깨여서 사라진 꿈길을 더드며 닭의 소리를 듯는 마음이야.

(二)

문허진성(城)터 쓸어저가는 황혼(黃昏)을 고개숙여 거르며 어미찻는 송아지의 우름에 담배연긔를 내뿜는 마음이야.

(三)

고요한 밤거리를 눈감아건일다가⁴¹⁵⁾ 발밑에 가로누은 거림자를 부벼보는 마음이야.

---

414) (원전) 극시(劇詩) 절로우는 심금(心琴)
415) 눈 감아 거닐다가

(四)

몬지416)가 켜켜안즌 설합을 열고 언제온지도 몰으
는 헌 편지쪽을 뒤저보다가 눈물짓는 마음이야.

(五)

오후(午後)의 화단(花壇)에서 풀을 매든 손이 헐어
진 개미집을 고치고 잇는 마음이야 뽑힌풀을 다시 심
어보는 마음이야.

(六)

비오는날 일요일(日曜日)날 아동(兒童)들의 작문(作
文)을 평(評)하다가 소학교원(小學敎員)에게 반박(反

---

416) 먼지

駁)을 당하고 천정(天井)을 처다보는 마음이야.

(七)

헌 신문(新聞)의 사진(寫眞)을 오려들고 키쓰하든 옛날이 그리워라 다시금 얼골을 붉히며 거울을 손에 드는 마음이야.

(八)

서제(書齊)에서 일주일(一週日) 창작(創作)에 노력(努力)하다가 이웃집 김첨지(金僉知)가 굶어죽엇다는 소문을 듯는 마음이야.

(九)

맘마찻는 아기에게 생(生)의 철학(哲學)을 듯고 맑

쓰와 크로포트킨을 달아보는 마음이야.

(十)
편소(便所)에서 십오분(十五分) 조을듯이 안젓는 동안 절창수제(絶唱數題)를 얻어들고 큰기침하며 일어스는 마음이야.

(十一)
구부러진 산(山)길 송림(松林)에 기대서서 멀니[417] 낙조(落照)에 사라지는 도성(都城)의 흑연(黑烟)을 바라보는 마음이야.

---

417) 멀리

(十二)

　스케취뿍[418)]에 한종일(終日) 그려진것이 아가씨들의
뒷모습뿐인것을 새삼스리 붓그러하는[419)] 마음이야.

(十三)

　헐어진 고총(古塚)에서 촉루(髑髏)를 얻어들고 월서
시(越西施)를 생각든손이 어난드 내 두골(頭骨)을 만
저보는 마음이야.

(十四)

　경제학자(經濟學者)의 강연(講演)을 듯고 신이 솟아
하는 청중(聽衆)을 보는 마음이야. 개자(芥子)멋알을

---

418) 스케치북
419) 부끄러워하는

먹는 마음이야.

(十五)

소뼉다구420) 한개를 서로물고 싸우는 개를 보든 이
눈에 중국(中國)의 풍운(風雲)이 영사(影寫)되는 마음
이야.

(十六)

낙대메고 강(江)가에 나아간 하루종일(終日) 버들닢
만 흘러 물에 넣다가 낙대마저 꺽거던지고421) 도라오
는 마음이야.

---

420) 소뼈다귀
421) 꺾어 던지고

(十七)

천리화신(千里花信)에 봄소식(消息) 무르녹것만은 홀
로 문잠그고 나지안은 마음이야 사막(沙漠)을 것는 마
음이야.

(十八)

무화춘호지(無花春胡地)에도 인생(人生)의 봄은 있
으려나 춘래불지춘(春來不知春)에 우는 남방고영(南
方孤影)의 마음이야.

(十九)

골라노신[422] 글자(字) 읊허[423]짜신 시구(詩句) 보

---

422) 골라 놓으신
423) 읊어

고 읽고 하것만은 그대 뉘[424]시온지 못보아 애타하는
마음이야.

---

424) 누구

조그마한 슬픔[425)

아아 어여분 그대여
그대의 일음이 더욱 아름답지 안은가
열일곱의 봄을 마지하는 시절이라니

그우에 그대는
나의 마음을 수노아[426)주든 온갓 '미'를
두억개에 다복이 메고잇노니

그러나 쌔는 이미[427) 느젓다고[428)
찬바람은 나의 귀밋[429)을 스처지나가고

---

425) (원전) 죠고마한슬픔
426) 수 놓아
427) 이미
428) 늦었다고
429) 귀 밑

그대는 고요히 봉사꼿만 싸고잇노니

아 어이하랴 이압흔 마음을
하늘을 울을러 노래부르노니
'덧없는 인생의 쓸어저가는 봄빗이어-'

주악(奏樂)

동모여
들으라 들으라
저 주악(奏樂)을
무한(無限)한 생명력(生命力)의
행진곡(行進曲)을 아뢰는
저 장엄(莊嚴)한
대자연(大自然)의 주악(奏樂)을

오 동모여
저 주악(奏樂)의 조자(調子)를 짜라
춤추며 노래하자
생(生)의 광영(光榮)을-
서로서로 붓들고
춤추며 노래하자

진주(眞珠)

물밋430)이 하맑으매431)

그속에 잠긴진주(眞珠)

눈에는 뵈이건만

물밋이 하깁흐매432)

그속에 잠긴진주(眞珠)

손에는 안잡히네-

---

430) 물밑

431) 하도 맑음에

432) 하도 깊음에

천연동(天然洞)의 풍경(風景)

이곳은 농촌(農村), 조선(朝鮮)의 농촌(農村)이외다.

한양성(漢陽城) 일천리(一千里)를 멀리 북(北)으로 밀처두고

고요히 남(南)으로 떠러저잇는 조선(朝鮮)의 한농촌(農村)이외다.

앞 뒤에 높아잇는 첩첩한 푸른산(山) 그사이를 흘으는 멧433) 구비의 시내, 좌우에 펼처있는 기름진 옥야(沃野)

멧백(百) 멧천년(千年)전부터 이농촌(農村) 사람들을 배불리기에 넉넉하엿나이다.

낮이면 들에서 일을 하고 밤이면 도라와 쉬일제.

안악네434)들은 맛잇는 음식을 만들어 내기에 여가

---

433) 몇
434) 아낙네

가 없엇나니.

　서로 서로 깃분⁴³⁵⁾웃음과 질거운⁴³⁶⁾노래가 왼 마을을 싸고 돌 뿐이엿나이다.

　앞 서고 뒤설 살마도 이래라 저래라 할사람도 없고

　네 내것도 몰으고 지내는지라 사이와 사이에는 울과 담도 없엇나이다.

　달밝은 저녁이면 젊은 남녀(男女)들의 자유(自由)스러운 사랑의 속삭임인들 없엇스리까.

　모든것은 자연(自然)과 조화(調和)된 자연(自然) 그대로엿나니

　이 마을의 일음은 예로부터 천연동(天然洞)이외다.

　이 따뜻한 남방(南方)에 고요히 열린농촌천연동(農

---

435) 기쁜

436) 즐거운

村天然洞)이란 일음을 낳게한 농촌(農村).

흙의 향기(香氣)에 가득한 평화(平和)롭던 이 농촌(農村)에

잎으로 신작로(新作路)가 놓이고 붉은 주색가(酒色家)집이 생기고

자전차(自轉車), 인력차(人力車), 자동차(自動車), 말 '구루마'-면서기(面書記), 순사(巡査), 외교원(外交員), 전도부인(傳道婦人), 약행상(藥行商), 임금업자(賃金業者), 일인(日人), 청인(淸人), 양인(洋人)-

이 모든 색달은[437] 걸은자들이 드나들기 비롯한 멋십년(十年)에

이 마을은 집과 집사이에 울과 담이높아지고

---

437) 색다른

달 거리에서 별을 세며 놀든 아희⁴³⁸⁾들조차

한돈 두돈 돈세음을 손꼽아대며 조약돌 하나에도 네 내것을 찾나이다.

추수(秋收)땡 벼ㅅ섬⁴³⁹⁾ 수(數)는 예와 이제가 달음⁴⁴⁰⁾이 없건만은

사람들의 얼골⁴⁴¹⁾에는 골시들은 호박꽃이되나이다.

쌀죽도 안 쑤든 집들이 조당죽도 못먹어 풀뿌리를캐 나이다.

뜻도 몰을 지불명령(支佛命令), 독보장(督保狀), 차 압(差押), 작권박탈(作權剝奪)-파산선고(破産宣告)-

---

438) 아이
439) 볏섬
440) 다름
441) 얼굴

현해탄(玄海灘)을 건너 북간도(北間島)를 향하여-
저년에 멫 저전년에 멫 또 올해도 멫-
울며 울며 떠나나니 유이군(流離群)만이 늘뿐이외다.
초가(草家)집은 줄어들고 양철집웅이 늘어가나니
이것이 천연동(天然洞) 풍경(風景)의 예와 이제외다.

청대숲[442]

이곳은 남(南)쪽나라 조선의 남쪽나라
종려(棕櫚) 나무그늘은 못차즐망정
욱어진 청(靑) 대수풀 자랑만스럽소

겹겹이싸둘린 청대숲 울타리를
싸고도는 이야기 넷날의 이야기
이나라의 젊은 혼을 지금도 울러오

칼끄테[443] 한몸을 부등켜안고
쒸어드니 대숲[444]에 쒸어를드니
아가씨는 어인일고 피흔적만 붉드라오

---

442) (원전) 청대숩
443) 칼 끝에
444) 대숲

단심(丹心)에 타는 정을 이에서 멈추리까
가슴에 매친[445] 원수 대창(槍)을 손에드니
아가씨의 푸른정성 창쓰테 도움이엇다오

얼마른가지에도 새엄이돗겠거니
겨울에도 청청(靑靑)한 청대숩줄기리까
이나라의 아가씨는 청대숩 혼(魂)이라오

---

445) 맺힌

추방(追放)

하넓은 이쌍이게 마음노코 살앗드니
몰래 한알도 내소유아니라니
허긔진 이몸을 쓸고 갈곳몰라하노라

몸들곳업사옵고 마음조차그러하니
한을 쏘이쌍에 내쉬일곳에데잇고446)
업는이 살림살이야 모다이러 하든가

엄마야 날버리고 어대로 가○는고
삶즉한 이쌍이게 날두고 가○거니
내어이 이쌍에 못살아서 참아옴겨447) 가오리

---

446) 내 쉴 곳 어디 있고
447) 차마 옮겨

백운(白雲)은 산(山)을 ○고 한풍(寒風)이 그위이라
집일흔 벗님네야 오는 기한(飢寒) 어이하리
아마도 ○ 작천지(作天地)에 살길업서 하노라

춘적수제(春笛數題)

1

이날에날그리는이 그뉘가잇스리라고
한거름쏘한거름 강(江)언덕차저가니
멀리서들려오는 가느른 피리소리
버들닙가리워서 보이지는 안컨만은[448]
지낫친[449]넷날이쏘다시그리웁네

그리운넷날이니 생각이야간절컨만
아모리헤매인들 그길이밟혀오리
풀쏫든이내손에 조약돌잡히이니
피리소리긋치이자 강(江)물만람방하여

---

448) 않건만은
449) 지나친

어리석은송사리쎄 놀냇다모아드네

버들피리난워부든[450) 넷날의그날이여
이날의 이곳이 넷날의 그날이라면
향기(香氣)차저춤을추는 저나비와도가티
이마음너울너울 깃버[451)춤추련만
아즈랑이봄철에도 이몸은 낙엽(落葉)이라네

2

한구비두구비 물구비칠적마다

---

450) 버들피리 나눠 불던
451) 기뻐

씆첫다잇젓다 쏘씬치여지는
남포(南浦)의 버들피리 그어이 곡조(曲調)인가
곡조(曲調)야 내몰나도 마음만이 쓸리이네
쓸리는 마음이니 가봄즉도 하건만은
녯생각앗가워서⁴⁵²⁾ 참아⁴⁵³⁾나못가겟네

3

업는 이가슴에는 봄철도 업다든가
양유촌(楊流村)아가씨네 피리소리보담도
비탈길언덕위의 목가(牧歌)가 더욱섧네

---

452) 옛 생각 아까워서
453) 차마

산(山)그늘으슷하여 강(江)물만프르른데

비탈길강(江)언덕에 소니쓸고돌아오는[454]

머슴살이초동(草童)들의 목가(牧歌)가 더욱설어

---

454) 소 이끌고 돌아오는

파산(破産)(1)

한아버지골살이쌔 모아노흔 재산(財産)
아버지의 손을 거처 이몸에 와서는
부당갱이하나도 소유권(所有權)업소젓소

기와쌍455)부서진 한아버지넷터에는
XX의 유용지(有用地)란 표목(標木)이서잇고
영화롭든대(臺)돌에는 익기만풀으럿소

파산(破産)이두려랴만 쫏겨남이제일분(憤)코
죽기야어려랴만 오히려 청춘(靑春)이니
튼튼한 이팔둑이 앗가와456)나못하오

---

455) 기왓장
456) 아까워

피차에못살아서 쑥대밧된담이면457)
차라리한 구절(句節) 노래라도 던지련만
벽돌집 '구루마'에 이가슴불이붓소

---

457) 쑥대밭 된 다음이면

파산(破産)(2)

먹을것 쌔앗기니 물질상(物質上)의 파산(破産)이오

배우지못햇스니 정신(精神)조차 파산(破産)일다

애인(愛人)을 못맛나니 연애(戀愛)에도 파산(破産)
이오

지기(知己)마저업스니 사교(社交) 쏘한 파산(破産)
일다

파산(破産)의 설음이야 어이다말하랴만

오즉하나 이깃붐은[458) 이나의 심장(心臟)일다

밟히면 밟힐스록 쏫쏫하여지는

파산자(破産者)의 심장(心臟)이 나의 심장(心臟)일다

---

458) 이 기쁨은

하늘을 쒜 쏠흐고[459] 이쌍을 뒤집어도

오히려 힘이 넘칠 불붗는 심장(心臟)

천하보물(天下寶物) 다준대도 아니밧굴[460] 심장(心臟)

파산자(破産者)의 심장(心臟) 이 나의 심장(心臟)일다

---

459) 꿰뚫고
460) 아니 바꿀

편련(片戀)

그대는 나를 버리시면서
거름자만은 웨남겨두오
눈물로 지여노은 내련못위에
내가슴 속에-

남기신 거름자[461]가 금부어되야
째째로 설게도 물결지오니
가엽슨 련못이 다흐리오
이가슴 다살아즈오

---

461) 그림자

폭풍아 오너라⁴⁶²⁾

별들은 모다 하늘의 백성

성자보다도 양의 무리보다도

더어질고 착한 이 하늘의 백성

서로서로 평화(平和)를 위하여 행복을 위하야

천년을 하루가 티살아온이 하늘의 백성

이백성의 나라 이하늘에 이고장 하늘에

린리가⁴⁶³⁾ 낫다 구름이인다 암담한 구름이

별들은 모다 갈곳을 일 헛다 숨막혀죽는다

태양(太陽)의 입김가튼 구름이 인다란리가 낫다⁴⁶⁴⁾

흑마(黑魔)의 입김가튼 구름이 인다란리가 낫다

---

462) (원전) 폭풍(暴風)아오너라

463) 난리가

464) 태양의 입김 같은 구름이 인다 난리가 났다

아아 폭풍(暴風)아오너라 용감한재 업느냐
독사와 가튼이 구름을 거러치기에
이하늘의 백성들을 구원하기에
용감한재업는냐 참으로 업느냐
아아 폭풍(暴風)아오너라 이고장 이하늘에

폭풍우(暴風雨)의 마음

답답한 이내가슴 주먹으로 땅을치니
땅은 말이없고 주먹만이 깨어지네
몸마자[465] 던질적시면[466] 무삼소리[467] 들리리

소리야 있고없고 몸마자[468] 던지리라
땅이 꺼지던 이몸이 터어지던
불붙는 이마음이니 참을줄이 있으랴

한발만 땅에놔도[469] '쿵'하고 울리거니
이몸을 팡가칠제[470] 그소리야 오작하리[471]

---

465) 몸마저
466) 던질적이면
467) 무슨 소리
468) 몸마저
469) 땅에 놓아도

열몸이 합할적이면 더큰소리 날러라

폭풍우(暴風雨)의 밤

밤 밤

폭풍우(暴風雨) 나려치는 밤

대양(大洋)의 노도(怒濤)와도 갓치 으르대는

폭풍우(暴風雨) 나려치는 밤

요사(妖邪)한 도시(都市)의 백만(百萬)소리는

모다⁴⁷²⁾ 한씀에 숨씀어버리다⁴⁷³⁾

밤 밤

폭풍우(暴風雨)나려치는 밤

도시(都市)의 밤-

---

472) 모두
473) 숨 끊어버리다

허무(虛無)

숨에나 내세상(世上)을 차저볼가?[474]

자리에 누엇더니[475]

가련한 이몸을 쎄집만녁여[476]

밋헤서는[477] 벼룩이 쥐여쏫고[478]

우에는[479] 모긔가 나려쏜다

그나마 남은피가 마자말나

이몸이 죽어 비트러 즌다면[480]

---

474) 찾아볼가?

475) 누웠더니

476) 때집만 여겨

477) 밑에서는

478) 쥐어뜯고

479) 위에는

480) 비틀어 진다면

그째는 가마귀도[481] 솟도 개미도파고
썌는 썩어 흙이되고
그러고 나는 흔적도 없서지고-

---

481) 까마귀도

현상(現想)

웅웅 씽씽

솰솰 와글와글

모든것은 우주(宇宙)의 만상(萬象)은

소래처[482] 움직인다.

쮠다 돈다

박긴다[483]

헛터지며[484] 모이며

부서지며 생기며

쉿업시 쉿업시

장엄(莊嚴)한 선율(旋律)속에서

---

482) 소리쳐
483) 바뀐다
484) 흩어지며

아 무슨 의미(意味)인고

누구의 작란인고485)

그러나 알수업는 빗을 향(向)하야

씃업시 씃업시

힘차게 쒸며 돌며

움직이며 소래츠며486) 나아간다

---

485) 장난인고

486) 소리치며

희망의 노래

그이가 없어떤들[487]

내 이 곡조를 어이 지으리

그이가 없어떤들

내 이 노래를 어이 불으리

그이가 없어떤들

나는 게집을[488] 안꼬[489] 술을 마실것이

심장에는 깜한 쉬가 쏠고

이 몸음[490] 싼을한[491] 재ㅅ덤이에[492] 누을것이

나의 가슴은 풀을은[493] 봄 바다러뇨

---

487) 없었던들
488) 계집을
489) 안고
490) 몸
491) 싸늘한
492) 잿더미

희망에 넘치는 물질이 파도 치련다

그 뉘라 날더러 때 저물나 하더뇨

이 마음은 한 백년 청청한 저 솔일것을

구름 긔ㅅ발을494) 혀치고 반짝이는 별 하나

그는 날 기다리는 이의 눈동자 아니러뇨

달리련니495) 나는 저 별빛을 좇아

끝없는 희망의 노래 불으며-

---

493) 푸르른
494) 깃발을
495) 달리려하니

권구현

(權九玄, 1898~1944*)

시인

충청북도 영동 출생

아호는 흑성(黑星)이다.

이 밖에도 천마산인이란 필명을 사용하기도 하였다.

충북 영동공립보통학교를 마치고 일본으로 건너가 대학 과정을 마친 것으로 되어 있으나, 그 구체적인 것은 알려져 있지 않다.

1926년 11월 『조선지광』에 「시조 6장」을 발표하면서 문단에 등단했다.

주로 시조나 소품, 단곡 등에 힘을 기울였으며, 하층계급의 빈궁을 소재로 사회체제에 대한 반항의 감정을 담은 경향적인 작품을 많이 창작했다. 1927년에 영창서관에서 간행한 사화집 『흑방(黑房)의 선물』에는 「님 타신 망아지」 등 시조 작품 50수와 「영원의 비애」 등 단곡

---

* 생몰년은 정확하지 않다. 한국민족문화대백과에는 1944년, 한국현대문학대사전에는 1937년으로, 충북 영동군 의회에서는 1938년으로 기록하고 있다.

46편이 수록되어 있는데, 권구현의 시조와 단곡은 매우 의도적이다. 언제나 아나키즘 사상이 우선되어 있으며 의미 내용과 기법을 일체화시키고 있다. 그렇지만 추상적인 현실인식에 머물러 있다. 박영희와 김기진의 내용·형식 논쟁이 벌어졌을 때 '장검(長劍)과 백인(白刃)'이라는 비유를 들고서 논쟁에 가담한 것으로 유명하다.

프로문학으로서의 효용을 일차적으로 중시해야 한다는 주장이었지만, 비유에 그쳤을 뿐 이론적인 깊이를 갖추지는 못했다. 이후 아니키즘 운동에 참여하여 1928년 3월에 이향(李鄕)과 함께 아니키즘 잡지『문예광』을 내기도 했으며, 기관지『동광』에 평론을 기고하기도 했다. 이외에도 「폐물(廢物)」(별건곤, 1927.2)과 「인육시장점묘(人肉市場點描)」(조선일보, 1933.9.28~10.10) 등 2편의 단편소설과 많은 평론과 수필을 지상에 발표하였다.

또한 서화에도 재능이 있어 조선미술전람회에 출품하여 여러 번 입선하였고, 개인전도 몇 차례 가진 것으로 전해진다. 뿐만 아니라 미술평론에도 일가견을 이루어 「선사시대의 회화사」(『동광』, 1927.3~5)를 위시하여 몇 편의 미술평론과 단평을 발표하기도 하였다.

대표 작품으로는 「폐물」, 「인육시장점묘」, 「선사시대의 회화사」 등이 있다.

흑방(黑房)의 선물

1926년 영창서관에서 발행된 『흑방의 선물』은 모두 3부로 구성되어 있다. 제1부 '흑방(黑房)의 선물'에는 시조형의 단곡(短曲) 50편, 제2부 '무주혼(無主魂)의 독어(獨語)'에는 「영원(永遠)의 비애(悲哀)」·「주악 奏樂」·「나그네의 길」·「밤낮 괴로워」 등 25편, 제3부 '봄숨을 그리며'에는 「봄동산에서」·「가지이다」·「쏫안인 이 짱에」·「가신 님의 묘(墓)에서」 등 22편, 모두 97편의 시작품이 수록되어 있다.

권구현은 머리말에서 "한 작품은──이것을 널리 말하면 그 시대 그 사회의 반영이라고도 보겠지만은──적어도 이것이 작가 그 자신의 생활환경에 그려진──즉 다시 말하면, 작자의 속일 수 없는 속살림의 고배인 것만은 사실일 줄로 믿는다"고 하여, 작품과 작자의 생활환경이 긴밀한 관계에 놓여 있음을 강조하고 있다.

이 시집에 나타난 작품의 특색은 형식적으로 단형(短形)이라는 것과 내용 및 주제면으로는 인생의 비애와 허무사상을 기조로 한 서정시가 주류를 이루고 있다.

큰글한국문학선집: 권구현 시선집

흑방의 선물

© 글로벌콘텐츠, 2016

1판 1쇄 인쇄_2016년 06월 25일
1판 1쇄 발행_2016년 07월 05일

지은이_권구현
엮은이_글로벌콘텐츠 편집부
펴낸이_홍정표

펴낸곳_글로벌콘텐츠
　　　등　록_제25100-2008-24호

공급처_(주)글로벌콘텐츠출판그룹
　　　기획·마케팅_노경민　　　편집_송은주　　　디자인_김미미　　　경영지원_안선영
　　　주소_서울특별시 강동구 천중로 196 정일빌딩 401호
　　　전화_02-488-3280　　　팩스_02-488-3281
　　　홈페이지_www.gcbook.co.kr

값 22,000원

ISBN 979-11-5852-102-8 03810